Ein Sommertag

erzählt und gemalt
von Marlene Reidel

D1688376

VERLAG SELLIER GMBH FREISING

An einem schönen Sommermorgen saß ein Frosch
auf einem Seerosenblatt im Teich
bei den blauen Schwertlilien.
Über dem Teich summte und tanzte ein Schwarm Mücken.
Das war sehr günstig für den Frosch, denn hin und wieder
tanzte ihm eine Mücke direkt vor das Maul.
Die fing er dann mit seiner langen klebrigen Zunge
und verschluckte sie.
Kam jemand an seinem Teich vorbei, stürzte sich der Frosch
sofort kopfüber ins Wasser.
Von Natur aus schreckhaft, war er aber besonders ängstlich,
seitdem er einmal, zusammen mit einer Maus und einem
Maikäfer, in einer Schachtel eingesperrt war.

Damals wäre er beinahe gestorben!

Seine Rettung kam mitten in der Nacht und war ein reines Glück.
Weil nämlich der Peter vor dem Einschlafen der Sabine noch
von seinen Zootieren erzählte, die er sich tagsüber gefangen hatte,
und die er gleich morgen schon dressieren würde.

„Bist du wahnsinnig!“ rief die Sabine
und sprang aus dem Bett. „Dich sollte man auch in eine
Schachtel sperren und dressieren!“ Dann lief sie hinaus
und ließ die armen Tiere frei.

Hier ist er, der Peter, und seine Schwester, die Sabine.
Der Peter hat einen Hut auf dem Kopf und einen Rucksack auf
dem Rücken wie ein Wandersmann. Er will heute,
an diesem schönen Tag, zusammen mit ihr eine Wanderung machen.

Die Kartoffelpflanzen sind fast so hoch,
wie Peter groß ist. Neugierig gräbt er
mit den Händen in der Erde, um nachzusehen,
wie groß die Kartoffeln schon sind.

Frische Kartoffeln, in der heißen Asche
eines heruntergebrannten Feuers gebraten,
hat der Peter in bester Erinnerung.
Aber die Kartoffeln sind jetzt noch zu klein.
„Sie müssen noch in der Erde bleiben und
wachsen“, sagt er und geht weiter.

KARTOFFELPFLANZE

Da ist die Maus aber froh!
Ihr Nest liegt nämlich fast genau dort,
wo Peter nach Kartoffeln gegraben hatte.
Nun sitzt sie zitternd auf ihren vier Jungen.
Doch bald leckt sie sich ihr Fell wieder glatt,
das sich vor lauter Angst gesträubt hatte
und verspeist zu ihrer Beruhigung
eines der winzigen Kartöffelchen.

Die Kartoffel kam von den Indianern zu uns.
Die haben sie lange vor uns angepflanzt,
in ihrer Heimat in Südamerika, im Hochland
von Peru.

In der Heuwiese blühen die Sommerblumen.
Mit ihren Farben und ihrem Duft locken sie
Bienen und Schmetterlinge an. Die Schmetterlinge
gaukeln von Blüte zu Blüte und laben sich
an dem süßen Nektar. Die Bienen sammeln ihn
und tragen ihn heim in ihren Stock.

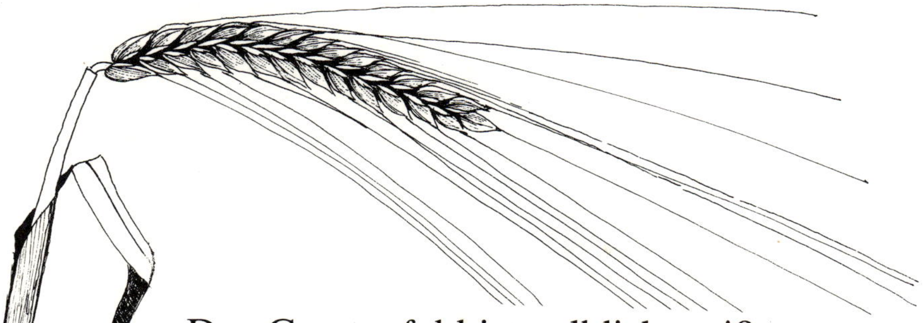

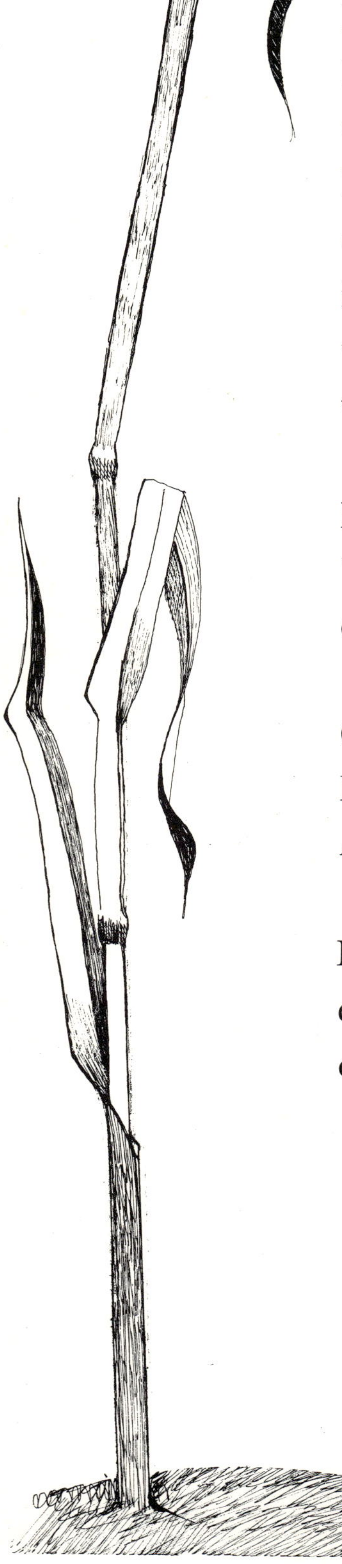

Das Gerstenfeld ist gelblich weiß.
Das Wort „Gerste“ bedeutet „die Stachelige“, denn
Gerstenähren haben lange Grannen mit winzigen Widerhaken.
Ein paar von diesen Ähren steckt der Peter
der Sabine zwischen Hemd und nackter Haut
in den Halsausschnitt. Er findet es sehr lustig,
wie sie schimpfend ihre Unterwäsche durchsucht, um sich
von den juckenden Grannen wieder zu befreien.

Eine Ähre steckt sich der Peter selbst in den Ärmel.
Wenn er leicht den Arm bewegt, krabbelt sie nach einer Weile
oben an seinem Hals wie ein kleines Tier wieder heraus.

Gerste wird gebraucht zum Bierbrauen.
Mit Gerste werden Pferde, Geflügel und Schweine gefüttert.
Aus gerösteten Gerstenkörnern wird der Malzkaffee gemacht.

Im Gerstenfeld nistet, versteckt hinter Disteln und Halmen,
eine Feldlerche. Beunruhigt steht sie vor ihrem Nest,
denn die lärmenden Kinder dort stören sie sehr.

GERSTE

FELDLERCHE

Der Hafer gehört zu den Rispengräsern
und gedeiht auch in nordischen Ländern.
Hafer schmeckt gut und gibt viel Kraft.
Aus Haferkörnern werden Haferflocken hergestellt.

Die Silva mag den Hafer auch sehr gern.
Die Silva ist ein Pferd. Sie gehört Peters Onkel,
und der Peter durfte sie schon öfters füttern.

Im Haferfeld wachsen rote Mohnblumen, blaue
Kornblumen und rotviolette Kornraden.

So schön diese Blumen sind, in seinem Getreidefeld sieht sie der
Bauer nicht gern, denn hier sind sie ein „Unkraut".

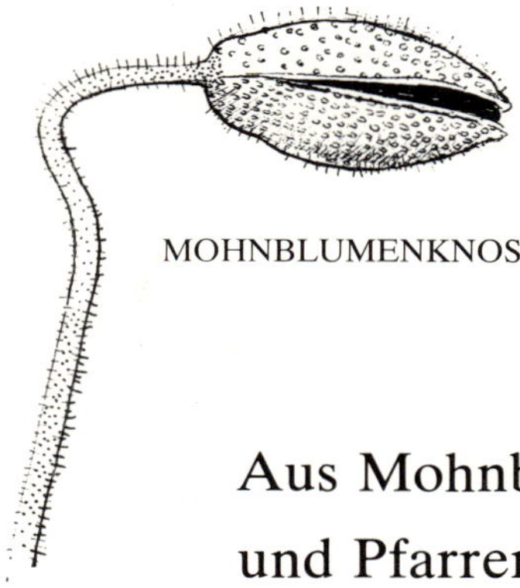

MOHNBLUMENKNOSPE

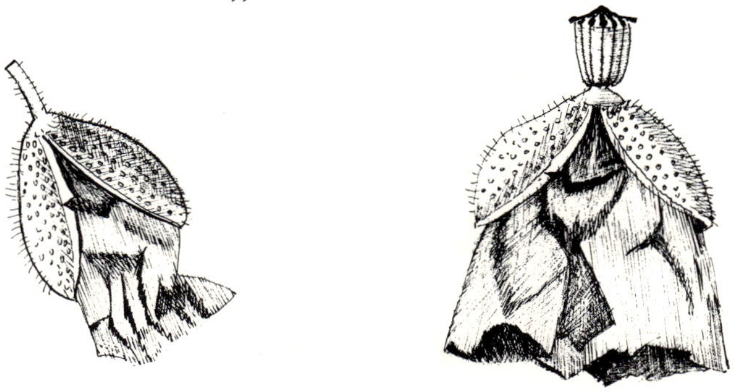

MOHNBLUMENPÜPPCHEN

Aus Mohnblütenknospen macht die Sabine Ministranten
und Pfarrer.

HAFER

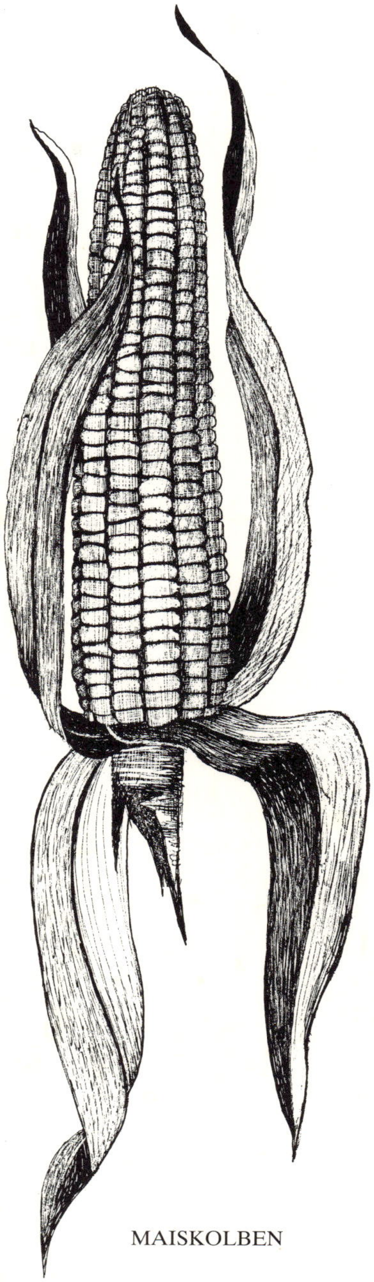

MAISKOLBEN

Das Reh, das mit seinem Kitz im Maisfeld steht und eben einen zarten Maiskolben frißt, zieht sich vorsichtig etwas zurück, als die Kinder kommen. Aufmerksam äugt es, verborgen hinter mannshohen Maispflanzen, auf die beiden.

Als der Peter sich ein Maiskölbchen abbricht, verschwinden Reh und Kitz im raschelnden Mais.

Der junge Maiskolben schmeckt dem Peter. Er ist süß und zart. Er hat langes rotgrünes Haar, das sich zu einem Zopf flechten läßt.

Der Mais ist ein Riesengras. Er wird an Kühe verfüttert, und mit den reifen Maiskolben mästet man Schweine.

Der Boden im Maisfeld ist stellenweise übersäht mit weißen Champignons. Einige der schönsten pflückt Peter und steckt sie in seinen Rucksack.

Auf der kleinen Insel dort im See wächst Schilf. Hier leben viele Frösche. Die kleine Insel ist der beste Platz für die beiden Störche. Ungestört von Menschen und größerem Viehzeug jagen sie hier ihre zappelnde Nahrung.

Nun sind die Beiden beim Einödhof. Im Heckenrosenstrauch brüten Buchfinken. Sie haben ihre Nester in die dornigen Zweige gehängt und rühren sich nicht, als die Kinder vorbeigehen. Bewegungslos, wie erstarrt, sitzen sie auf ihren Eiern und verlassen sich ganz auf ihre Tarnung. Der Fasanengockel aber, der unter dem Weißdorn saß, fliegt kreischend und gackernd davon.

Im Hof steht eine Frau am Brunnen und pumpt frisches Wasser in einen Eimer. Da merken die Kinder erst, wie durstig sie sind.

Sie trinken das Wasser aus der hohlen Hand und lachen, weil es so spritzt.

Als Peter der Frau die Champignons gibt, lacht sie auch. „Pilze muß man immer schön in einen Korb sammeln", sagt sie. Die Pilze waren im Rucksack zerbrochen und ganz braun und fleckig geworden.

BUCHFINK IN HECKENROSENSTRAUCH

Auf der Kuhweide, unter der großen verwachsenen Buche, machen die Kinder Rast. Kühe werden wegen ihrer Milch gehalten. Sie sind sanfte Tiere und haben große braune Augen. Sie schreien „Muh!", und manchmal lassen sie einen dampfenden Kuhfladen auf das Gras klatschen.

Die Sabine steigt auf den Baum. Hier hat sie die schönste Aussicht. Der Peter bleibt unten. Er hat zwischen den Baumwurzeln ein Loch entdeckt, das weit in die dunkle Tiefe führt. Er steckt seinen Arm hinein, denn er will wissen, was da drinnen ist.

Drinnen in dem Loch sitzt tief unten ein Fuchs.

Vorerst verhält er sich ganz ruhig, denn noch ist dieser Arm für ihn keine Gefahr. Und würde der Fuchs erschrecken, könnte er den Peter immer noch beißen, oder er würde in ein anderes, tiefer gelegenes Lager wechseln. Lagerplätze hat er genug in seinem weitverzweigten unterirdischen Bau.

Eine wirkliche Gefahr bedeuten für den Fuchs nur die Hunde. Wenn die in seinen Bau einbrechen, kann es für ihn sehr gefährlich werden.

FUCHS IN SEINER HÖHLE

Nun sieht man in der Ferne schon die Stadt.
Aber in die Stadt wollen der Peter und die Sabine nicht, heute wollen sie lieber baden. Unter dem grünen Blätterdach der Trauerweide ziehen sie ihre Kleider aus.

Aber baden darf man nicht überall! Das Wasser kann tief, reißend und gefährlich sein – auch für Kinder, die schwimmen können. Unrat und Glasscherben können auf dem Grund liegen. Das Wasser kann auch ungesund sein, so wie hier. Eine Abwasserleitung brachte Schmutz in den See und viele Fische mußten in dem Unrat sterben.

„Wie das Wasser stinkt!“ sagt die Sabine.
„Hier können wir nicht baden.“
Enttäuscht ziehen sich die beiden wieder an.

SCHAF: ES LIEFERT UNS WOLLE

GANS: VON IHR BEKOMMEN WIR FEDERN

Im Dorf ist es lustig, hier feiert man heute ein Fest.
Fahnen wehen und Leute sitzen vor dem Wirtshaus
unter dem Kastanienbaum am Tisch.
Sie essen Würstel und Sauerkraut und trinken Bier,
und die jungen Leute tanzen zu einer schneidigen Musik.

Als die Kinder so stehen und zuschauen, ruft sie
eine freundliche Stimme an: „He, ihr zwei!"
Die Stimme kommt vom Würstelstand. Dort steht
eine Frau, die gerade Würstel brät. Wo sie herkämen,
fragt die Frau, und wem sie gehörten, und was sie
hier täten, und wie sie hießen.
Als sie das alles weiß, schenkt sie jedem Kind
eine Wurst, eine Brezel und eine Flasche Limonade.

„Wie sind wir doch überall beliebt", sagt der Peter befriedigt.

TAUBEN

GASTHAUS ZUM ROTEN HAHN

Im Wald gibt es Waldmäuse, Rehe, Hasen, Fasane und andere Vögel, Eichhörnchen, Pilze, Walderdbeeren, Farn und Moos, Hirschkäfer – und manchmal Räuber.

Es kommt aber nur ein Jäger. Er hat einen Rucksack und ein Gewehr und sagt: „Grüß Gott!" Dann geht er weiter.

Auf einer Waldlichtung finden der Peter und die Sabine viele Walderdbeeren. Die Walderdbeeren gehören eigentlich den Laubschnecken, die hier seit eh und je leben. Die Schnecken ziehen sich auch ganz beleidigt in ihre Häuser zurück, als sich die Kinder über ihre Beeren hermachen. Aber in dieser Jahreszeit reicht es für jeden. Jetzt, in der Beerenzeit, leben sie ohnehin im Überfluß.

WALDERDBEEREN

Als der Peter und die Sabine aus dem Wald herauskommen,
stehen sie vor einer Koppel mit fünf herrlichen Pferden.
Auf einem Schimmel sitzt ein junger Bursche,
der reitet in der Koppel herum und singt ein Lied.
Er hat lange Haare, die fliegen im Wind.

Die Sabine meint, daß das bestimmt ein Königssohn sei,
aber der Peter sagt, wahrscheinlich wäre er nur ein Hippie.

Als der Bursche die Kinder sieht, bringt er sein Pferd zum Stehen und ruft von oben herab auf sie hinunter:

„Na, ihr beiden, wollt ihr auch einmal reiten?"

Wie man da nur fragen kann! Natürlich wollen sie reiten! Schon ist der Peter über den Zaun und auf dem Pferd bei ihm. Und los geht es in einem schönen Trab über die Weide. Es ist einfach herrlich!

Aber da fällt der Sabine, die derweilen an der Umzäunung steht und zuschaut, ein, was die Eltern immer zu ihnen sagen: „Geht nie mit fremden Leuten mit!"

Deshalb ist sie recht froh, als der Reiter nach einer Weile sein Pferd anhält und Peter wieder absteigen läßt. Sie traut sich nun auch nicht mehr so wie er zu dem fremden Mann aufs Pferd zu steigen und zu reiten.

Am Seeufer entlang, wo Schilf wächst, führt der Weg die Kinder zu einem Angler. Der steht ganz still da und läßt eine Angelschnur ins blaue Wasser hängen.

Peter und Sabine stehen eine Weile ebenfalls ganz still dabei und schauen zu. Da kommt ein Fisch geschwommen, umkreist den Angelhaken mit dem Köder und will ihn schnappen.

„Nein!" schreit der Peter jetzt, und das Steinchen in seiner Hand fliegt wie von selbst ins Wasser.

Fort ist der Fisch wie ein Blitz. Aber nicht nur er, auch die beiden Kinder! Sie ruhen erst, als sie schon weit weg sind. „Diesen Angler fürchte ich nicht", sagt der Peter, während er verschnauft, „weil der nämlich nicht so schnell laufen kann wie ich." Und damit hat er recht.

FORELLEN

Das Weizenfeld ist ockergelb. Es ist ein gutes Jahr, die Halme stehen kerzengerade. Eine Ringelnatter gleitet über den Weg. An einer Stelle ist ihr Leib ganz dick. Das kommt von einer Maus, die sie eben verschluckt hat und die nun in ihrem Körper verdaut wird.

Sabine reißt ein paar der vollen Weizenähren ab und reibt die Körner aus den Hülsen. Körner und Hülsen läßt sie dann von einer Hand in die andere rieseln, wobei sie sachte dazwischenbläst.
Da fliegen die Hülsen mit dem Wind; die Körner sammeln sich in ihrer Hand.

WEIZEN RINGELNATTER ZWERGMAUS

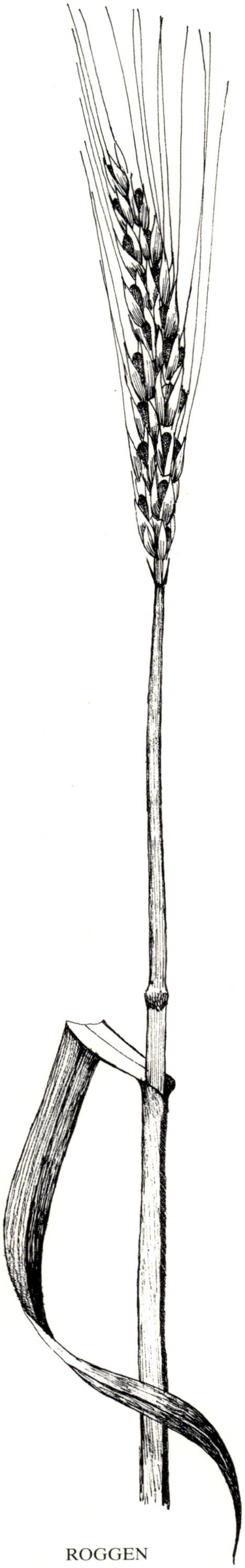

ROGGEN

Krähen fallen in das Roggenfeld ein
und holen sich auch ihren Teil.

Das Roggenkorn ist dunkler als das Weizenkorn.
Aus Roggenmehl wird das kräftige Schwarzbrot gebacken.

Bald kommen die großen Erntemaschinen angefahren.
Mähen, dreschen, das Korn in Säcke füllen,
das Stroh bündeln und auf den Wagen laden: alles
geschieht in einem Arbeitsgang.

Früher mußte man das Getreide mit der Sense mähen.
Mit der Sichel wurde es zusammengetragen und mit einem
Stroh- oder Hanfband zu Garben gebunden.

Dann stellte man es auf,
indem man immer 5 – 6 Garben im Kreis gegeneinanderlehnte,
so daß sie trocknen konnten.

Das waren die Kornmanderl!
Die standen nun ein paar Tage lang auf den Stoppelfeldern.
Schön in der Reihe mußten sie stehen und heiß mußte
es sein. Kam ein Regen in dieser Zeit,
war es ein Unglück. Die Ernte, und damit das Brot
für ein ganzes Jahr konnte verdorben sein.

Dann, eines Tages, wurden die Pferde vor die großen
Erntewagen gespannt und die trockenen Garben in die
Scheune geholt. Dort wurden sie aufbewahrt, bis man Zeit
hatte, zu dreschen. Das war im Spätherbst und Winter,
wenn alles unter Dach war, was auf den Feldern
gewachsen war.

Im Krautacker sitzt ein Hase mit seinen zwei Jungen. Die fressen an einem Krautkopf. Sie mümmeln zufrieden vor sich hin, denn Kraut ist für sie ein Leckerbissen.

Als die Kinder kommen, halten sie inne, spitzen die Ohren und hoppeln davon.

Plötzlich stößt ein Habicht nieder, greift sich einen jungen Hasen und fliegt mit ihm davon.

Die Kinder weinen fast, als sie das sehen. Aber so ist es in der Natur. Jedes Tier muß fressen und lebt von anderen. Der Habicht von Mäusen und jungen Hasen, der Maulwurf von Schnecken und Engerlingen, der Frosch von Mücken und Fliegen. Auch der Mensch schlachtet Tiere, um ihr Fleisch zu essen.

Da kommt der Bauer, dem der Acker gehört, und sieht sich seine Rüben an. Dabei entdeckt er die vielen Fraßstellen. „Diese Hasen!“ schimpft er. „Viel zu viele gibt es davon!“

KRAUTKOPF

ROTRÜBE

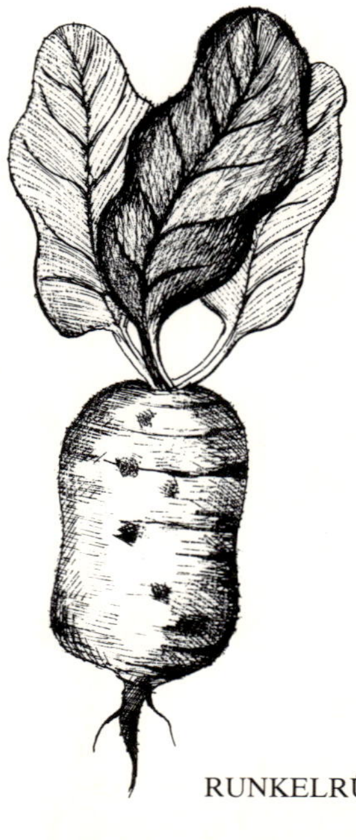

RUNKELRÜBE

19
77

„Da seid ihr ja wieder!“ ruft der Vater, als die beiden heimkommen. Der Vater steht hinter dem Zaun, mitten zwischen den Blumen, und hebt den Peter vor Freude gleich zu sich empor.

Sabine entdeckt eine Igelfamilie, die ganz zutraulich am Gartenzaun entlangspaziert und sich ihr Nachtmahl sucht.

Auch die Kinder bekommen ihr Abendessen.
Sie essen, was im Garten gewachsen war: Salat und Radieschen, zu einem Butterbrot. Und sie erzählen noch lange von ihrer Wanderung an diesem schönen Sommertag.

QUAKENDER FROSCH

Als alles still war im Garten, wurde der Frosch in seinem Seerosenteich auch gesprächig. Er quakte und quakte die halbe Nacht.

Marlene Reidel

Marlene Reidel wurde 1923 als älteste von 7 Kindern des Landarbeiter-Ehepaares Lorenz und Maria Hartl geboren. Aufgewachsen auf dem Einödshof Krottenthal in Niederbayern, erlernte sie das Keramikerhandwerk und studierte dann zehn Semester an der Akademie der bildenden Künste in München.
Marlene Reidel hat zahlreiche Kinderbücher geschrieben und illustriert. 1959 Deutscher Jugendbuchpreis, 1960 unter den „10 besten Büchern der New York Times", 1964 unter den vom Börsenverein für den Deutschen Buchhandel ausgewählten „Schönsten Deutschen Büchern des Jahres", 1965 Kulturpreis Ostbayern, 1977 unter den „10 besten Büchern von Tokio", 1977 Sonderpreis der deutschen Akademie für Kinder- und Jugendliteratur.

Von Marlene Reidel sind im gleichen Verlag erschienen:

Der Lorenz (Ein Jahr im Grottental)
Waldsommer
Ein Sommertag
Die 12 Monate
Ringelreihen
Hans im Glück
Moritaten für Kinder
Großposter Leben im Wald
Großposter Das Jahr
Großposter Leben in Feld und Wiese
Großposter Kinderreime
Drei Großposter Biblische Geschichte
Märchenposter
Schau her
Das blaue Haus
Der bunte Zug
Guten Abend
Gute Nacht
Erzähl mir was
Kleines Bilder-ABC
der Apfel
die Puppe
Ich bin ein Frosch
Lesepeter
Hopsi-Fibel
Wir rechnen
Der schlaue Fuchs
Vom Nest zum Vogel
Vom Laich zum Frosch
Von der Raupe zum Schmetterling
Vom Kätzchen zur Katze
Vom Eis zum Regen
Menschen unserer Erde
Vom Essen zum Trinken
Du und ich
Viele bunte Tiere
Glockenspielpeter
Flötenpeter